Para Juan.
David Hernández Sevillano

A mi bebé.
Anuska Allepuz

El paraguas de Cebra
Colección Somos8

© del texto: David Hernández Sevillano, 2021
© de las ilustraciones: Anuska Allepuz, 2021
© de la edición: NubeOcho, 2021
www.nubeocho.com · info@nubeocho.com

Primera edición: Octubre, 2021
ISBN: 978-84-18133-35-0
Depósito Legal: M-24148-2021

Impreso en Portugal.

Todos los derechos reservados. Prohibida su reproducción.

EL PARAGUAS DE CEBRA

David Hernández Sevillano
Anuska Allepuz

La estación seca había llegado a su fin en la sabana.
Cebra miró el cielo y abrió su paraguas de colores.

Gacela se acercó saltando.

—¿Puedo resguardarme contigo?

—Claro, ¡hay espacio para las dos!

Cebra y Gacela miraban la lluvia,
cuando llegó trotando Rinoceronte.

—¿Puedo entrar con vosotras?

—¡Por supuesto! Cabemos los tres.

Cebra, Gacela y Rinoceronte tomaban chocolate caliente mientras escuchaban la música de la lluvia sobre el paraguas. En ese momento apareció Elefanta.

—¿Habría un hueco para mí? No ocupo tanto como parece…

La tormenta aumentaba cuando apareció
Liebre corriendo con sus hijas.

—¿Cabemos nosotras también?
—¡Seguro que sí! —dijeron todos.

Entonces se acercó León. Todos le miraron asustados, hasta que Cebra dijo:
—Te estás mojando, entra. ¡Pero nada de mordernos!

Bajo el paraguas, todos disfrutaron de cuentos, adivinanzas, juegos y canciones.

Un poco después, dejó de llover.

Gacela, Rinoceronte, Elefanta y Liebre
dieron las gracias a Cebra. León sonrió y dijo:
—Cebra, ¿por qué tu paraguas tiene tantos colores?

—¡Qué preguntas haces, León! Mi paraguas tiene muchos colores para que todos podáis encontrarme cuando llueve.